文通天下

突 破 认 知 的 边 界

肥皂泡 世界是个

木鱼 编著

光明日报出版社

图书在版编目（CIP）数据

世界是个肥皂泡 / 木鱼编著 . -- 北京：光明日报
出版社，2024.8. -- ISBN 978-7-5194-8194-0

Ⅰ . I106

中国国家版本馆 CIP 数据核字第 202424PD59 号

世界是个肥皂泡
SHIJIE SHI GE FEIZAOPAO

编　　著：木　鱼			
责任编辑：徐　蔚		责任校对：孙　展	
特约编辑：宋　玉		责任印制：曹　净	
封面设计：公　园			

出版发行：光明日报出版社

地　　址：北京市西城区永安路 106 号，100050

电　　话：010-63169890（咨询），010-63131930（邮购）

传　　真：010-63131930

网　　址：http://book.gmw.cn

E - mail：gmrbcbs@gmw.cn

法律顾问：北京市兰台律师事务所龚柳方律师

印　　刷：天津鑫旭阳印刷有限公司

装　　订：天津鑫旭阳印刷有限公司

本书如有破损、缺页、装订错误，请与本社联系调换，电话：010-63131930

开　　本：120mm×185mm		印　　张：6	
字　　数：20 千字			
版　　次：2024 年 8 月第 1 版			
印　　次：2024 年 8 月第 1 次印刷			
书　　号：ISBN 978-7-5194-8194-0			
定　　价：49.80 元			

当两人面对面，她与他眼神相遇，
视线一触即分，如鸟儿扑翅而飞。

—

［美］菲茨杰拉德｜《夜色温柔》

我爱你，菲莉斯，

以我的一切，

以我人性中的长处，

以所有能使自己混在活的生物中的有价值之处。

—

[奥] 卡夫卡 |《致格蕾特·勃洛赫的一封信的草稿》

世界是个
肥皂泡

被爱意味着焚毁。

而爱是：用取之不竭的油点亮灯。

被爱是消逝，爱才是久长。

[奥]里尔克|《布里格手记》

我遇见你。

我记得你。

这座城市天生就适合恋爱。

而你天生就适合我。

——

［法］杜拉斯|《广岛之恋》

把发热的面颊

埋在柔软的积雪里一般，

想那么恋爱一下看看。

[日] 石川啄木｜《爱自己的歌》

他还一次都未曾亲吻她，

内心却已

充满她的馈赠。

—

[德] 黑塞 |《精神与爱欲》

世界是个
肥皂泡

出发，
到新的爱
和新的喧闹中去！

—

[法] 兰波 |《出发》

形形色色的
憎恶、甜爱和欲望，
从你身上通过，
你一点也感受不到疼痛吗？

[日] 三岛由纪夫 |《爱的饥渴》

世界是个
肥皂泡

他们说，爱是苦涩的……

但那有什么关系呢？

有什么关系呢？

我已经吻过你了。

——

[英]王尔德|《莎乐美》

我把我整个灵魂都给了某个人，

而这个人似乎只把它当成一朵花，

插在外套的纽扣孔里，

当成装点他虚荣心的小饰品，

夏日的一种点缀。

世界是个
肥皂泡

[英] 王尔德 | 《道林·格雷的画像》

浪漫永远不死。

它就像月亮，

会永远升着。

[英] 王尔德 |《了不起的火箭》

我们所爱的，
常常不是一个人，
而是爱情本身。
那天晚上，
月光才是你真正的情人。

—

[法] 莫泊桑 |《月光》

世界是个
肥皂泡

花满市，月侵衣。
少年情事老来悲。

—

姜夔｜《鹧鸪天·正月十一日观灯》

心如槁木不如工愁多感，
迷蒙的醒不如热烈的梦，
一口苦水胜于一盏白汤，
一场痛哭胜于哀乐两忘。

—

叶圣陶|《没有秋虫的地方》

世界是个
肥皂泡

我宁愿她还记得我的不好，

却怎么也不开心

她就这样把我忘记。

[法] 小仲马｜《茶花女》

最持久的爱情
是永远得不到回报的爱。

[英]毛姆|《作家笔记》

世界是个
肥皂泡

我是来向你道谢的，
谢谢你如此美丽。

－

[德] 黑塞 |《悉达多》

那一刻我们的吻，

像轰鸣的月相回荡，推向远方。

—

[西]费德里科·加西亚·洛尔迦|《欲望》

世界是个
肥皂泡

他们应该

一如既往地生活，

身处荒漠，

但心里铭记着由

一个吻、

一句话、

一道目光组成的全部爱情。

[法] 杜拉斯 |《情人 · 乌发碧眼》

这个世界的悲惨和伟大：

不给我们任何真相，

但有许多爱。

荒谬统治世界，

而爱拯救之。

[法] 加缪 | 《加缪手记》

一 世界是个
肥皂泡

要知道，

一旦坠入爱河，你会不可自拔，

陷入深深的苦恼，永无摆脱之日。

可是，看看大海，

你就会心有所悟。

[英] 毛姆|《刀锋》

能梦见你

是我的过人之处。

—

[葡] 佩索阿丨《不安之书》

有人说，没有激情也可以有爱，

我认为是胡说；

他们说激情没有了，爱仍旧可以存在，

他们指的是另外一种东西，温情，好心，

共同的爱好，兴趣和习惯。

—

[法] 毛姆|《刀锋》

喜欢或被喜欢，
就像五月被风吹拂
而骚动的树叶。

—

[日] 太宰治 | 《潘多拉之匣》

世界是个
肥皂泡

譬如暴雨骤临园中，

激起一阵阵灼烈而

清纯的草木和泥土的气味，

让人想起无数个夏天的事件……

—

史铁生 | 《我与地坛》

世界是个
肥皂泡

我能否将你比作夏天?

你比夏天更美丽温婉。

狂风将五月的蓓蕾凋残,

夏日的勾留何其短暂。

—

[英]莎士比亚|《莎士比亚十四行诗》

明月向西行

我怎能不以月为信

向你谈谈我的近况

或路过的云

—

[日] 紫式部 | 短歌

世界是个
肥皂泡

我寄你的信，

总要送往邮局，

不喜欢放在街边的绿色邮筒中，

我总疑心那里会慢一点。

—

鲁迅 | 《两地书》

纤
手
破
新
橙

并刀如水，
吴盐胜雪，
纤手破新橙。

—

周邦彦｜《少年游·并刀如水》

梅子留酸软齿牙，

芭蕉分绿与窗纱。

—

杨万里｜《闲居初夏午睡起》

世界是个
肥皂泡

在夏天，

我们吃绿豆、

桃、樱桃和甜瓜。

在各种意义上都漫长

且愉快，

日子发出了声响。

[瑞士] 罗伯特·瓦尔泽|《夏天》

试把樱桃荐杯酒，

欲将芍药赠何人。

—

戴复古 | 《初夏》

世界是个
肥皂泡

雪沫乳花浮午盏，
蓼茸蒿笋试春盘。
人间有味是清欢。

—

苏轼 |《浣溪沙·细雨斜风作晓寒》

休对故人思故国，
且将新火试新茶。
诗酒趁年华。

—

苏轼 |《望江南·超然台作》

世界是个
肥皂泡

秋夜深

银匙钻进红茶里

—

［日］日野草城 | 俳句

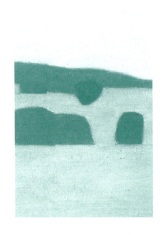

世界是个
肥皂泡

这片我切开的面包曾是燕麦

这酒曾畅游过

一棵异国树上的果实

白昼的人或夜间的风

垂倒了庄稼

碾碎了葡萄的欢愉

–

［英］狄兰·托马斯|《我切开的面包》

我饮下黄昏、

夜晚和熙攘人群的苦酒

—

[俄] 帕斯捷尔纳克 |《奢宴》

世界是个
肥皂泡

我走的地方不少，所食鸭蛋多矣，
但和我家乡的完全不能相比！
曾经沧海难为水，
他乡咸鸭蛋，我实在瞧不上。

—

汪曾祺 |《端午的鸭蛋》

说起冬天，忽然想到豆腐。

是一"小洋锅"（铝锅）白煮豆腐，

热腾腾的。

朱自清 | 《冬天》

有时候觉得我的心

像是刚烤好的

面包一样。

—

[日] 石川啄木 |《爱自己的歌》

西瓜以绳络悬之井中，

下午剖食，

一刀下去，

咔嚓有声，

凉气四溢，

连眼睛都是凉的。

—

汪曾祺|《夏天》

在盐里面
一定有些神圣的东西，
它也在我们的眼泪
和大海里。

[黎巴嫩] 纪伯伦|《沙与沫》

七点钟，炸糕，

八点钟，莎士比亚。

每件东西都有它的位置，

每个分秒都有它的秩序：

不要虚度，它们转瞬即逝。

[法] 波伏瓦｜《人都是要死的》

世界是个
肥皂泡

天气一天暖似一天，
日子一寸一寸的都有意思。

萧红 |《小城三月》

我不能不赞美
这向晚的五月天；
怀抱着云和树
那些玲珑的水田。

徐志摩 |《车眺》

世界是个
肥皂泡

此心想念你，

碎成千片——

我一片也不丢。

[日] 和泉式部 | 短歌

诗在生活里，
就像火苗在木头里。

[法]勒韦尔迪|《我的航海日志》

世界是个
肥皂泡

为了你，
我也有走向光明的热望，
世界不会于我太寂寞。

—

朱生豪 |《致宋清如》

夕阳倒映在水塘，
假如这景象足以令你愉悦，
那么爱情、宴飨或欢笑
便也无足轻重。

世界是个
肥皂泡

［葡］佩索阿|《你不快乐的每一天都不是你的》

当你回来，

微风和日出将诞生于你的脚下。

在花和窗台之间，

猫会知道它。

—

[意] 切萨雷·帕韦泽 |《猫会知道它》

莫惜醉来开口笑。

须信道。

人间万事何时了。

世界是个
肥皂泡

晏殊|《渔家傲 · 画鼓声中昏又晓》

午觉是一种甜美的死，
睡者在他半醒的时分体味他的
消亡的快乐。

—

[法] 波德莱尔 |《巴黎的忧郁》

我是很好描绘的

我的心略大于整个宇宙。

—

[葡] 佩索阿 |《我的心迟到了》

我是很好描绘的，

我活得像疯子。

—

[葡] 佩索阿 |《如果有人想写我的传记》

世界是个
肥皂泡

我不喜欢像你这样总谈论自己的人，
因为我现在只想谈论我自己。

[英]王尔德|《莎乐美》

教育是个好东西。

但有时我们应该记住：

真正值得知晓的东西是没法教给别人的。

—

[英]王尔德|《莎乐美》

世界是个
肥皂泡

你为什么总是穿黑衣服？
我在给我的生活戴孝。

[俄] 契诃夫|《海鸥》

说那样也好，这样也好的，

那种人多快活，

我很想学到他的样子。

[日] 石川啄木|《爱自己的歌》

世界是个
肥皂泡

可怕的事实是，

人得永无止境地面对自己。

—

[法] 杜拉斯 |《情人 · 乌发碧眼》

那天晚上我想写一封

谁看见了都会

怀念我的长信。

—

[日]石川啄木|《爱自己的歌》

"别拿文学来烦我！"

他竟然说，

"它能给我什么？美好的品格！

我拿美好的品格能干得了啥？

我是个讲实际的人，

美好的品格在生活中几乎不会出现。"

[德] 托马斯·曼 | 《魔山》

读尽床头几卷书。

. . . .

占得人间一味愚。

—

苏轼|《南乡子·自述》

世界是个
肥皂泡

人生近乎严重缺页的书。

很难称其为整部，却仅此一部。

[日] 芥川龙之介 |《侏儒警语》

他喜欢由它造成的心灵激动……
喜欢这个秘密赐予他的无声而温柔的坚实，
甚至喜欢由此产生的种种失望。

［德］托马斯·曼｜《魔山》

世界是个
肥皂泡

我一边幻想自己生出无遮无拦的双翼，
一边强烈地预感到我这一生恐将一事无成。

[日] 三岛由纪夫 |《天人五衰》

我格格不入于一切，

又和所有相同：

我处于一个清醒的睡眠中，

却又做着疯狂的梦。

—

[葡] 佩索阿 |《想象一朵未来的玫瑰》

世界是个
肥皂泡

我们什么也不带走，

什么也不增加，

我们只是经过，

然后被遗忘；

所以太阳每天都很准时。

[葡] 佩索阿｜《我将宇宙随身携带》

抽一支烟吧，

烟头红火如萤火虫飞在五月的故乡。

汪曾祺 |《待车》

世界是个
肥皂泡

图书馆的大门可以锁上，
但你永远无法用大门、铁锁和门闩，
锁住我灵魂的自由。

–

[英] 伍尔夫 |《一间自己的房间》

男人的脸是自传，

女人的脸是小说。

[英] 王尔德 |《莎乐美》

世界是个
肥皂泡

生活中只有两个悲剧：

一个是没有得到你想要的，

另外一个是得到了你想要的。

[英] 王尔德|《莎乐美》

如果说诗人们所赞颂的真与美
有什么意蕴的话，
那就是：爱在它们里面
找到了曾经丢失在虚伪中的一切。

—

［英］伍尔夫｜《奥兰多》

世界是个
肥皂泡

世界上任何书籍都不能带给人好运，
但它们能让人悄悄成为他自己。

－

[德]黑塞｜《在轮下》

正因性情缭乱远非艺术能规整，

她的双眼寻找的是情绪，

而不是风景。

—

[法] 福楼拜 |《包法利夫人》

世界是个
肥皂泡

不被人理解成了我唯一的自豪。

孤独日益膨胀起来，

像一头蠢笨的猪。

—

[日] 三岛由纪夫 |《金阁寺》

我什么也不期待，
什么也不需要，
很长时间里我什么也不做，
感觉好极了。

—

[法]马塞尔·杜尚|《语录杜尚》

世界是个
肥皂泡

我不能和别人长久地生活在一起。

我得拥有孤独，

永恒的部分。

–

[法] 加缪|《笔记本IX》

我爱抽象的事物，

用它们创造生活；

我爱离群索居的东西

和晦暗不明的一切。

[俄] 季娜伊达 · 吉皮乌斯 | 《书前题词》

世界是个
肥皂泡

我认出了风暴而激动如大海，
我舒展了开来又卷缩回去，
我挣脱了自己，
独自置身于伟大的风暴中。

[奥] 里尔克 | 《预感》

世界是个肥皂泡

世界是肥皂泡，

是歌剧，

是欢闹的荒唐。

–

[德] 黑塞 |《克林索尔最后的夏天 》

我知道这世界，
本如露水般短暂。
然而，然而。

—

[日] 小林一茶 | 俳句

世界是个
肥皂泡

夜深了，夜深了。

又同许多人度过了一个不必要的晚上。

—

[奥]卡夫卡|《奥托·皮克致弗兰茨·卡夫卡的信》

文明社会为什么要如此消耗人的心智，
在无趣的应酬上浪费自己有限的生命？

—

［英］毛姆|《月亮与六便士》

从前种种，

譬如昨日死；

从后种种，

譬如今日生。

—

袁黄 | 《了凡四训》

不见方三日，

世上满樱花。

—

[日] 大岛蓼太 | 俳句

世界是个
肥皂泡

狐狸变作公子身，
灯夜乐游春。

—

[日] 与谢芜村 | 俳句

池上碧苔三四点，

叶底黄鹂一两声。日长飞絮轻。

—

晏殊丨《破阵子·春景》

世界是个
肥皂泡

世界越来越美了。

我独自一人，却很自在。

我别无所求，

只想被阳光晒透。

—

[德] 黑塞 | 《克林索尔最后的夏天》

我们甚至失去了黄昏的颜色。

当蓝色的夜坠落到世界上时，

没人看见我们手牵着手。

[智利] 巴勃罗·聂鲁达 |《我们甚至失去了黄昏的颜色》

我们将爱从具体对象剥离，
爱本身就够了。
正如我们漫游者并不寻找目的地，
而只是享受漫游本身，
享受在路上的过程。

—

[德] 黑塞 |《克林索尔最后的夏天》

我必须离开，

必须旅行，

我的心必须到自由里去。

—

[德] 黑塞 |《精神与爱欲》

世界是个
肥皂泡

她想去巴黎，

她也很想死。

[法] 福楼拜 | 《包法利夫人》

当我窥视自己内心深处时，

我看到那么多模糊的东西在乱窜，

我甚至无法确切地解释和完全地

接受我对自己的反感。

[奥] 卡夫卡 | 《奥托·皮克致弗兰茨·卡夫卡的信》

世界是个
肥皂泡

你既无青春也无老年，
而只像饭后的一场睡眠，
把两者梦见。

—

[英]T.S.艾略特|《荒原》

为了感谢你，
同时也为了惩罚你，
我只能送你无限的吻。

—

［奥］卡夫卡|《奥托·皮克致弗兰茨·卡夫卡的信》

世界是个
肥皂泡

春天十分美好，
然而没有钱，
真是倒霉。

—

[俄]契诃夫|《致弗·尼·阿尔古京斯基－多尔戈鲁科夫》

从我决心结婚的那一瞬间开始，

我就再也无法入睡了，

脑袋日夜炽热，

生活已不成其为生活，

我绝望地东倒西歪。

[奥] 卡夫卡|《致父亲》

坦白和撒谎是一回事。

为了能够坦白，人们便编造谎言。

[奥] 卡夫卡 |《笔记本和散页中的断简残篇》

按自己喜欢的方式生活不叫自私，

要求别人按自己喜欢的方式生活才叫自私。

—

[英] 王尔德|《社会主义下的人的灵魂》

世界是个
肥皂泡

让我来告诉你们：

什么都不做是世界上最困难的事

——不仅最困难，而且最需要智慧。

［英］王尔德|《作为艺术家的批评家》

工作就是原则，

人都将经受或者经受不了它的考验，

这就是时代的绝对意志。

[德] 托马斯·曼|《魔山》

世界是个
肥皂泡

说到底，

一切工作都困难，

只要名副其实。

—

［德］托马斯·曼|《魔山》

世事一场大梦，

人生几度新凉。

—

苏轼|《西江月·黄州中秋》

世界是个
肥皂泡

今夜想学习，

然而

我却在床上

打瞌睡。

–

［日］斋藤茂吉｜《忏悔之心》

这城市的意义何在?

你们紧密地聚居在一块

是因为你们彼此相爱吗?

—

[英] T.S. 艾略特 |《荒原》

天在下雨，遥远，不确定，

就像言之凿凿的事没准是个谎言，

就像某种被企盼的崇高在对我们撒谎。

[葡] 佩索阿 |《在下雨》

生活过去了，
好像我压根没生活过似的。

[俄] 契诃夫 |《樱桃园》

世界是个
肥皂泡

我们的沉默是一个黑洞

有时从里面走出一只温顺的动物

[奥] 格奥尔格·特拉克尔|《给孩子埃利斯》

世界是个
肥皂泡

年少的时日从我的身边滑过，

而我从来不知道，

那已是生活。

—

[奥] 霍夫曼斯塔尔 |《愚人与死神》

永远热烈，永远尽享欢愉

永远心跳，永远青春年少

———

［英］济慈 |《希腊古瓮颂》

世界是个
肥皂泡

人们走很远的路，
只是为了能说起：
这里让我想到了另外一个地方，
很相似。

[以色列] 阿米亥 |《美丽锡安之歌》

没有什么比千篇一律
更为荒芜

—

[意] 朱塞培·翁加雷蒂|《千篇一律》

世界是个
肥皂泡

只有时钟停下，
时间才会活过来

－

[美] 威廉·福克纳 |《喧哗与骚动》

做梦的人

自由一生，
是我全部的野心。

–

西班牙谚语

社会常常原谅罪犯，

却从来不会宽恕做梦的人。

—

〔英〕王尔德 |《莎乐美》

世界是个
肥皂泡

与理想主义者相反的，
大多是没有爱的人。

[法]加缪|《快乐的死》

理想主义者是不可救药的：
如果他被扔出了他的天堂，
他会再制造出一个
理想的地狱。

—

[德] 尼采|《人性的，太人性的》

世界是个
肥皂泡

所有的艺术都是无关道德的。

因为艺术的目的是让情绪为情绪服务，

而生活的目的是让情绪为行动服务。

——［英］王尔德｜《莎乐美》

我们都在阴沟里，

但仍有人仰望星空。

—

［英］王尔德|《温德米尔夫人的扇子》

世界是个
肥皂泡

除了诱惑，
我什么都能抗拒。

—

[英] 王尔德|《莎乐美》

我那高贵的品位

正是我经常过得如此糟糕的理由。

[英]王尔德|《莎乐美》

巴黎在装醉，

而我们真的醉了。

—

[法] 雨果 | 《嘉年华之日》

在隆冬，

我终于知道，

我身上有一个不可战胜的夏天。

[法] 加缪 |《夏天集·重返蒂巴萨》

世界是个
肥皂泡

我要

对你做，

就像春天对樱桃树做的那些。

—

[智利] 巴勃罗·聂鲁达|《二十首情诗和一支绝望的歌》

花两年时间来想通一件事，
其实并不算浪费人生。

—

[法] 加缪 |《加缪手记》

你要知道其实生活中
并不存在解决方法，
存在的是各种进取力量，
必须创造这些力量，
办法才会随之而来。

——

[法] 圣埃克苏佩里 |《夜航》

这世界

没有真相，

只有视角。

—

[德] 尼采 | 《尼采遗稿》

世界是个
肥皂泡

孤独是一种休息。

[日] 三岛由纪夫 |《春雪》

为了爱

将伸开了的手收拢

—

[德] 尼采 |《查拉图斯特拉如是说》

世界是个
肥皂泡

如果你不在乎某一个人对你的看法，

一群人对你有什么意见又有什么关系？

[英] 毛姆 |《月亮和六便士》

她常常缺少必要的精力，

不明白别人每天从哪里获得力量去工作。

—

[德] 乌维·维特施托克｜《文学之冬》

世界是个
肥皂泡

我所抱的一切思想
仿佛都是没有钱而引起的；
秋风吹起来了。

—

[日] 石川啄木 |《爱自己的歌》

玩耍着背了母亲，

觉得太轻了，哭了起来，

没有走上三步。

[日] 石川啄木 |《爱自己的歌》

世界是个
肥皂泡

在什么地方轻轻地有虫鸣着似的，

百无聊赖的心情，

今天又感到了。

—

［日］石川啄木 |《爱自己的歌》

生活本身就是无边无际的、

充满众多漂浮物的、

变化无常的、暴力的，

但总是一片澄澈而蔚蓝的海洋。

世界是个
肥皂泡

[日] 三岛由纪夫 |《爱的饥渴》

像一块石头，
顺着坡滚下来似的，
我到达了今天的日子。

—

[日] 石川啄木 |《烟》

虽是闭了眼睛，

心里却什么都不想。

太寂寞了，还是睁开眼睛吧。

—

[日] 石川啄木 |《可悲的玩具》

世界是个
肥皂泡

半路里忽然变了主意，
今天也不去办公，
在河岸彷徨了。

—

[日] 石川啄木《可悲的玩具（〈一握砂〉以后）》

可怀念的冬天的早晨啊，

喝着开水，

热气很柔和地罩上脸来。

[日] 石川啄木 |《可悲的玩具（〈一握砂〉以后）》

世界是个
肥皂泡

秋天来了，

像用水洗过似的，

所想的事情都变清新了。

—

[日] 石川啄木｜《秋风送爽》

如鸟斯革，
如翚斯飞

—

《诗经·小雅·斯干》

且陶陶、乐尽天真。

几时归去，作个闲人。

苏轼｜《行香子·述怀》

我有明珠一颗，久被尘劳关锁。

今朝尘尽光生，照破山河万朵。

柴陵郁禅师|《示圆阇梨偈》

世界是个
肥皂泡

你不能作我的诗，

正如我不能做你的梦。

–

胡适|《梦与诗》

早上醒来，

充分地过好这一天，

最近我只留心这件事。

[日] 太宰治 | 《新郎》

世界是个
肥皂泡

我发现一份稳定的收入
竟能给人的心境带来如此的变化。
世界上没有任何力量可以夺走
我手中的五百英镑。

［英］伍尔夫|《一间自己的房间》

雪让我们产生少年般的心境。

—— [日] 三岛由纪夫 |《金阁寺》

世界是个
肥皂泡

只有上天才知道

人类为何如此热爱生活

—

［英］伍尔夫｜《达洛维夫人》

东方既明，

宇宙正在微笑，

玫瑰的光吻红了东边的云。

—

老舍 |《狗之晨》

我希望，

大家能通过书写或别的方法

给自己挣到足够的钱，

去旅行，去无所事事，

去思考世界的过去和未来，

去看书做梦，去街头闲逛，

让思绪的钓线深深沉入街流之中。

[英]伍尔夫|《一间自己的房间》

然而，阳光依然炽热。

然而，人们会忘却伤心的往事。

然而，生活将会日复一日地继续下去。

［英］伍尔夫｜《达洛维夫人》

世界是个
肥皂泡

秋虽然来，

冬虽然来，

而此后接着还是春。

—

鲁迅 |《秋夜》

贪安稳就没有自由，
要自由就总要历些危险。
只有这两条路。

－

鲁迅｜《老调子已经唱完——二月十九日在香港青年会讲演》

世界是个
肥皂泡

夜正深沉，

我因梦见你而醒来，

星空灿烂，寂静汹涌。

—

［葡］佩索阿｜《夜正深沉》

我呼唤你

如同旧时朋友呼唤朋友

用黎明时分

胆怯的

细小歌声

—

[阿根廷] 皮扎尼克 |《写于埃斯科里亚尔》

不愿勾起相思，
不敢出门看月。
偏偏月进窗来，
害我相思一夜。

——

胡适 |《也是微云》

呆呆冬日光，
明暖真可爱。

—

白居易|《自在》

我将破晓

无远弗届

—

［意］朱塞培·翁加雷蒂 |《清晨》